DISCOURS

PRONONCÉ

À LA CÉRÉMONIE DES FUNÉRAILLES

DE S. A. I. Mgr LE PRINCE

JÉROME NAPOLÉON

Le mardi 3 juillet 1860

PAR

M. L'ÉVÊQUE DE TROYES

PARIS

E. DENTU, LIBRAIRE-ÉDITEUR

PALAIS-ROYAL, GALERIE D'ORLÉANS, 13

1860

DISCOURS

DE

MGR L'ÉVÊQUE DE TROYES

Paris. — Typographie de Firmin Didot frères, fils et C⁰, rue Jacob, 56.

Gigoux, p. Imp.Bertauis.Paris. Mouilleron,lith.

S A I LE PRINCE JÉRÔME NAPOLÉON.

E.Dentu, éditeur.

DISCOURS

prononcé

AUX FUNÉRAILLES

DU

PRINCE NAPOLÉON

PAR

Mgr L'ÉVÊQUE DE TROYES

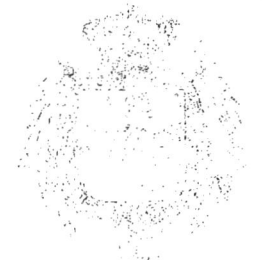

PARIS

LIBRAIRE-ÉDITEUR

DISCOURS

A LA CÉRÉMONIE DES FUNÉRAILLES

DE S. A. I. MGR LE PRINCE

JÉROME NAPOLÉON

Le mardi 3 juillet 1860

PAR

MGR L'ÉVÊQUE DE TROYES

PARIS

E. DENTU, LIBRAIRE-ÉDITEUR
PALAIS-ROYAL, GALERIE D'ORLÉANS, 13

—

1860

DISCOURS

DE

MGR L'ÉVÊQUE DE TROYES

La Providence vient de frapper sur nos têtes
un de ces coups terribles qui ramènent brusque-
ment l'homme au souvenir de son irrémédiable
néant, et rendent manifeste aux plus aveugles la
vanité de ces fantômes que nous appelons, dans
nos langues infirmes de la terre, la fortune, la
grandeur, la puissance. Un Prince que les évé-
nements et son mérite avaient placé tout auprès
du Trône de France, le premier sans contredit
et le plus glorieux qui soit dans l'univers; un
Prince qui fut roi et qui mêla son sang à celui

des races souveraines les plus vieilles et les plus
respectées ; un Prince qui avait dans son nom
je ne sais quel prestige antique, parce qu'il fut
le frère d'un grand homme , élevé si haut dans
la gloire qu'il paraissait loin de nous déjà presque autant qu'Alexandre et César, quoiqu'il fût
notre contemporain ; un Prince en qui semblait
revivre toute cette famille , hélas ! aux trois
quarts éteinte, de preux chevaliers, de soldats,
de héros, qui furent associés aux luttes de l'Empire, et à qui l'enthousiasme populaire a donné
des formes, des épées, une taille et des propor-
tions gigantesques : cette forte et vaillante relique de nos temps fabuleux, Son Altesse Impériale le Prince Jérôme Bonaparte vient de nous
être enlevé par la mort ! Tout Paris a voulu
contempler une dernière fois les traits augustes
de celui qui emporte dans la tombe les restes
d'une époque héroïque dont s'est tant ému
notre âge, et qui tourmentera jusqu'à la fin l'admiration curieuse de la postérité.

Voici maintenant sa dépouille, au pied de nos
autels , dans la paix de ce sanctuaire , sous la
protection du Seigneur des armées. Les princes
et le peuple, toutes les dignités, tous les corps
de l'État, sont venus lui porter un hommage :

la religion s'est levée pour le recevoir; elle a envoyé ses pontifes pour lui rendre de pieux honneurs, le soutenir par de saintes prières, le consoler par des bénédictions, l'assister, par la grâce et avec l'autorité du Rédempteur, à ce moment suprême où il entre dans l'éternité. Puis il va descendre en ces sombres demeures qui sont le vestibule de l'immortalité, et où doivent passer, quand l'épreuve est finie, tous les enfants d'Adam. Il n'y sera point seul : sa femme, cette noble Reine (1) qui ajoutait à son courage dans les maux de la vie, l'attend encore dans cette solitude pour l'affermir contre les épouvantes et les mystérieuses tristesses du sépulcre. Je sens que son cœur généreux se ranime sous sa froide poussière et tressaille aux approches de celui qu'elle a tant aimé. Ils dormiront ensemble avec leur premier fils (2), tous les trois longtemps séparés, réunis après tant d'épreuves : et le grand Empereur, dont le Prince Jérôme avait gardé si fidèlement le tombeau, devenu à son tour le protecteur éternel de leurs cendres, étendra sur eux à jamais la majesté de son nom et l'inviolabilité de sa gloire.

(1) La Reine Catherine.
(2) Le Prince Jérôme.

Il ne manque ici qu'une voix capable d'exprimer assez bien les fortes émotions de cette illustre assemblée, et de traduire en langage humain, sans trop les affaiblir, tant de sublimes vérités que prêche cette lugubre pompe dans sa muette éloquence. Je n'ai aucune prétention de suffire à ce grand ministère ; et quand j'ai connu, il y a si peu de jours, le périlleux honneur qu'on avait la bonté de m'offrir, justement effrayé de ma faiblesse, je l'aurais décliné sans nul doute, si je n'avais compris tout ce qu'impose de déférence et d'oubli de soi-même l'expression d'un auguste désir.

J'ai humblement imploré le secours d'en haut et les bénédictions de l'éminent cardinal dont l'autorité règle, dans le diocèse de Paris si heureusement confié à sa haute sagesse, toutes les fonctions religieuses. Puis, sans réfléchir davantage, je me suis abandonné à Dieu et au devoir ; on me pardonnera. Je ne viens pas d'ailleurs prononcer une *oraison funèbre*, gardez-vous de le croire ; mais devant la tombe qui s'ouvre pour un Prince français qui fut aussi un homme illustre, j'essayerai, puisqu'on le veut, d'invoquer l'Éternel, de jeter un cri du cœur, une prière de foi, un salut d'espérance.

Quand le Prince Jérôme parut sur la scène du monde, on touchait à une heure solennelle dans la vie de l'humanité. Il n'y avait plus à se méprendre sur les signes du temps; ils étaient devenus manifestes. La France n'avait cessé de croître et de monter dans un long cours de siècles. La religion, en élevant les âmes, en les initiant aux plus pures notions du devoir et de l'honneur, en développant de toute l'autorité de sa mission divine les vertus publiques et privées; la religion, dis-je, avait partout déposé des germes de grandeur que l'on voyait se produire, se révéler en toutes choses, et qui faisaient effort pour entrer jusque dans les formes extérieures de la vie sociale. Nos vieux rois, pénétrés d'un ardent amour du pays, en s'appliquant à le glorifier, à lui faire du bien, sans prétendre sortir en aucune façon des idées de leur temps, avaient néanmoins contribué de toute leur puissance à ce magnifique travail d'amélioration.

On allait bientôt en recueillir les fruits : notre patrie en effet se sentait agrandie; elle ne respirait plus si à l'aise dans les enveloppes du passé devenues trop étroites pour elle. Ses aptitudes et ses aspirations, ses goûts et ses besoins

exigeaient une transformation. Une force invincible, mais calme et confiante, la poussait en
avant. Ses institutions étaient prêtes à s'élargir
sur la mesure de sa taille; on était à la veille
d'un immense progrès. Ces transitions d'un âge
à l'autre sont toujours périlleuses. Entre le passé
qui tombe et l'avenir qui se lève, l'édifice social
paraît un instant comme soulevé de sa base, et
les mauvaises passions, celles qui aiment les rui-
nes et se plaisent à concevoir d'horribles espérances, deviennent plus hardies. Les pensées
même des sages se troublent et se confondent:
tandis que de très-bons esprits, même parmi les
plus fermes et les plus éclairés, hésitent encore
incertains et cherchent leur voie avec anxiété,
tandis que les gouvernements s'interrogent et
s'appliquent à trouver des moyens qui, sans arrêter la civilisation dans sa marche, puissent la
protéger néanmoins contre les dangers insépa-
rables de toute grande mutation; pendant ce
temps et à la même heure, il y a les multitudes
qui pressent et qui s'agitent, les multitudes qui
ne doutent pas, qui ne discutent pas, qui ne
comprennent pas assez le motif des réserves et
des tempéraments. Parfois elles s'emportent,
et, dans leur aveugle impatience, au lieu du

bien que poursuit leur instinct et qu'on était près d'obtenir, elles déchaînent des tempêtes fatales, des calamités dont elles n'avaient pas le soupçon, des maux de toute sorte qui épouvantent l'humanité et la font retourner en arrière, persuadée qu'en allant toujours elle serait bientôt engloutie au fond des abîmes et livrée à toutes les horreurs d'une nuit éternelle.

Certes, Messieurs, dans les dernières années du dix-huitième siècle, ne craignons pas de dire tout haut ce qu'on sait dans tout l'univers, notre bien-aimée patrie a connu tous ces effrois et senti ces alarmes. Quels affreux déchirements tout à coup dans son sein ! Quel mépris des plus saintes choses ! Quelle odieuse licence sous un prétexte menteur de liberté ! Combien de crimes exécrables sous le nom de vertus ! Qui la délivrera ? Qui lui rendra l'honneur, l'harmonie et la paix ? Quel bras est assez robuste pour dompter les méchants et affranchir cette immense majorité de citoyens honnêtes qui tremble devant eux ? Qui sauvera le progrès légitime, fruit sacré du travail et de la sagesse des siècles ? Qui réprimera les excès attachés aux flancs de la liberté pour la déconsidérer, la corrompre et la perdre ? Regardez pour cela, chré-

tiens, regardez du côté de Dieu. Lui seul
peut intervenir, lui seul est assez fort. Il re-
tient le soleil, les astres et les mondes à la
place qui leur fut assignée dans l'espace dès
le commencement : il sait aussi ramener dans
leurs voies, quand il faut, les nations qui s'é-
garent.

Voici que des trésors de sa Providence les
plus mystérieux il va tirer un homme formé tout
exprès pour exécuter ses conseils, un de ces
hommes qu'il ne laisse voir que de loin en loin
ici-bas, un de ces grands conducteurs de peuples qu'il tient en réserve pour des besoins su-
prêmes et qui sont la ressource du monde aux
jours où il chancelle. Il le prépare avec amour,
l'inspire de sa sagesse, lui fait connaître la loi
des temps nouveaux, lui montre la limite posée
où peut s'étendre et où doit s'arrêter le progrès
pour glorifier le genre humain sans compromet-
tre l'ordre ; il le pénètre de sa force, jette sur sa
face un rayon de sa propre splendeur, lui prête
son tonnerre, et l'amène ainsi tout armé au secours de la France.

Aux signes éclatants qu'il porte sur le front,
nul ne peut se tromper, on devine l'envoyé divin. Il est au même instant sacré par la victoire,

acclamé par le vœu populaire, couronné par la religion. Il s'appelait Napoléon.

Il venait réprimer le mal et consacrer le progrès du bien. C'était sa double tâche : le succès ne se fit pas attendre ; notre patrie fut alors témoin d'un merveilleux spectacle. Dans les plus vifs transports de la joie, de l'enthousiasme et de l'adoration, chaque Français, la poitrine élevée, l'œil fixé en avant, contemplait, sur tous les chemins, la majesté de Dieu qui passait pour rentrer dans ses temples. Le Christ, sorti des déserts et des retraites ténébreuses où on l'avait quelque temps, pour le malheur de tous, réduit à se cacher, le visage clément et serein, promettant le pardon, distribuant les grâces, revenait au sanctuaire de son amour, dans la paix des sacrés tabernacles, et remontait sur les mêmes autels où il avait, depuis l'origine, protégé les ancêtres ; où il voulait, par sa médiation, achever jusqu'à la fin des temps le salut de leur postérité.

Les peuples se montraient avec une admiration émue et recueillie ces vaillantes légions de fidèles ministres qui formaient son cortége, ces vétérans du sacerdoce éprouvés au feu des combats, indomptables dans l'honneur et dans la vérité, mais invincibles aussi dans la miséricorde, qui marchaient à la suite de leur Maître divin, le cœur toujours plein d'immortelle tendresse, et le bras levé pour bénir.

A côté de la religion et en présence de Jésus-Christ, le juge souverain des vivants et des morts, dont l'image avait paru de nouveau sur leurs têtes et imprimait à leurs assemblées un caractère sacré, on voyait les magistrats remonter aussi sur leurs siéges, les magistrats, dont l'Écriture a dit que, *soumis à la mort, ils étaient pourtant comme des dieux.* Rétablis dans l'indépendance et dans la véritable autorité de leurs fonctions, ils allaient recommencer à rendre ces oracles qui ont le privilége de rassurer le monde, parce qu'ils ne cèdent pas à la force, restent supérieurs à toutes les passions, ne s'inspirent que de la conscience, et n'obéissent qu'à la loi.

Mais tout s'élevait à la fois, et rien, dans les formes diverses de l'activité sociale, ne restait étranger à ce magnifique mouvement de régénération. Les principes de 89, chers au peuple français, proclamés à diverses époques par nos assemblées politiques, et qui sont encore aujourd'hui la base de notre droit public, étaient

partout, à la même heure, acceptés dans les
mœurs, écrits dans les lois et consacrés dans les
institutions. Le désordre était enchaîné, le progrès couronné. L'envoyé divin avait réussi dans
sa double mission, et la terre avait obéi aux vo-
lontés du Ciel.

Est-ce que tout est fini cependant? Et ce monde
nouveau formé par un travail de tant de siècles
dans les flancs de l'humanité, sorti du sein de sa
mère au milieu de terribles douleurs, pourra-
t-il croître sans peine, s'affermir sans combat,
et s'asseoir sans rien ébranler? Non certes, ce
n'est pas la règle des choses d'ici-bas, où tout ce
qui s'établit trouve des épreuves mesurées sur
son importance, petites et courtes pour ce qui
est faible et fugitif, longues et difficiles pour ce
qui est fort, pour ce qui doit durer. Ce qui n'a
pas la sanction du passé et le sceau des anciennes
coutumes est un objet de défiance. On le tourne
en dérision pour sa magnificence; on a peur
même de ses bienfaits; on le redoute jusque
dans ses vertus. Déjà cette dignité du citoyen
français, qui resplendit au loin et fait battre les
cœurs de tous les peuples de l'Europe, a offensé
quelques esprits inquiets et causé à plus d'un
gouvernement de cruels déplaisirs; notre légi-

time grandeur a l'air d'une conspiration. Si la
mémoire du premier Empire est attristée par
une longue suite de luttes et de batailles, fau-
drait-il en être surpris? Nous étions provoqués
fatalement, toujours, par une sorte de nécessité
qui tenait aux situations et qui entraînait l'histoire de ce temps; nous étions agresseurs aussi,
mais par le seul rayonnement de nos idées et de
nos mœurs. Le passé ne les goûtait pas. Il ré-
pugnait à cette forme de civilisation qui venait
de se révéler parmi nous, qui ajoutait au prestige de notre patrie et qui s'intitulait déjà reine
de l'avenir.

Il déploya donc ses étendards, et réunit d'in-
nombrables armées pour l'exterminer, s'il pouvait, au berceau. Voilà le but de ces efforts si
ardents et si implacables, poursuivis sous divers
prétextes, dans un long cours d'années, et dont
l'humanité a tant souffert. Chacun portera la
responsabilité de ses actes devant Dieu et devant
la postérité. Disons seulement que le nouveau-
né, résistant à l'immolation, sut se défendre,
grâce au ciel, avec une vaillante énergie. Il n'aurait voulu être que bon, fraternel, pacifique
on le força d'être guerrier, et il dut, pour sauver
sa vie, se précipiter dans la gloire.

Certes, Messieurs, de telles destinées sont pleines de hasards; elles servent au moins à manifester la force des âmes généreuses, et la France accomplit les siennes avec un dévouement, un éclat et une grandeur qui n'ont jamais été surpassés dans l'histoire.

D'où sont venues, en effet, ces magnifiques légions de savants, de guerriers, de magistrats, de législateurs, de héros, que l'on voit surgir tout à coup, et qui suffisent aux prodiges de la guerre, aux splendeurs de la paix? Les frères de l'Empereur, animés de son esprit et pénétrés de sa pensée, se montrent les premiers dans ces immortelles phalanges, et le Prince Jérôme y occupe un rang glorieux. Nous le voyons paraître, à seize ans, dans la plus vive ardeur du talent et de la jeunesse. Il sortait de ce fameux collége de Juilly, célèbre de nos jours encore pour la science et pour la piété. Il y avait puisé des principes de foi tels que si, au milieu des agitations de la vie et parmi tant de nuages amassés entre la terre et le ciel par des esprits sceptiques, ils ont pu se voiler un instant ou jeter une moindre lueur, cependant rien jamais ne les a pu détruire; ils ont vécu dans son âme jusqu'à la fin comme un titre impérissable de la

2

dignité humaine, comme une ressource de vertu toujours prête, comme une force divine de modération, d'indulgence, comme une révélation lumineuse des devoirs de l'homme et de sa destinée.

Le voici maintenant qui aborde une région plus haute et moins sereine que celle des écoles. Je ne le suivrai pas dans cette immense variété de services, de labeurs, de dangers et de gloire qui ont rempli le cours de ses années et signalé partout l'éclat de sa carrière. Tantôt il commande sur les bâtiments de l'État, dirige nos escadres, et par ses rares talents, son coup d'œil, sa prompte décision, son audace inspirée, il fait redouter notre marine déjà si formidable, et il gagne sa propre renommée en ajoutant à celle de ce corps illustre dont la vaillance et l'intrépidité sont fameuses dans tout l'univers.

On le vit une fois au port et dans les murs d'Alger, précurseur, sans le savoir, de ces armées de 1830 que la Providence réservait à l'honneur de punir tant de siècles d'injures et de criminels attentats contre l'humanité. Le Prince Jérôme apparut comme une première vengeance, et sans négocier, sans prier, sans of-

frir même une rançon qu'il estimait indigne,
plutôt en menaçant, en agitant dans les airs le
drapeau et en faisant voir dans ses mains les
foudres de la France, il arrachait à ces affreux
pirates deux cent cinquante chrétiens qu'ils
avaient enlevés et jetés dans les fers. Il ne fut
pas moins capable dans la conduite des armées ;
à la valeur impétueuse qui était en lui comme un
signe de race et une vertu de jeunesse, il avait
su joindre dès lors la prudence, les lumières,
l'habileté, toutes ces qualités enfin qui sont propres à de vieux capitaines instruits à la guerre
de longue main et d'une expérience consom-
mée. C'est le témoignage que l'Empereur, un
si grand juge, a rendu au Prince Jérôme.

En Westphalie, on se souviendra toujours
qu'il fut roi, qu'il aima ses peuples, qu'il ne
perdit pas contenance aux heures de danger, et
porta, sans jamais fléchir, la majesté de sa
couronne. Il eut un jour de résolution magna-
nime qui fait songer à Philippe-Auguste et à l'é-
clair d'inspiration qui a tant illustré sa fameuse
bataille. Menacé par de puissants ennemis, et
voyant la défection gagner ses propres troupes,
il aborde généreusement ses soldats et leur dit :
« Qu'il n'y ait point de traîtres parmi vous ! Ceux

qui voudraient partir sont libres, je les délie
de leur serment : je serai toujours assez fort et
assez bien gardé quand je n'aurai autour de ma
personne que des amis éprouvés et des braves. »
Qui aurait pu résister à cette confiance royale?
Ils demeurèrent presque tous. Je ne quitterai
pas ce trône de Cassel sans avoir salué la Reine
qui en fut l'ornement, et qui, par son dévouement, par ses sages conseils, par sa fermeté mê-
lée de grâce, méritera toujours d'être considérée
comme ayant ajouté à sa force. Je me reproche-
rais, en cette triste cérémonie où elle a, quoi-
que absente, une si grande part, de passer sous
silence le nom de cette noble femme qui, par sa
magnanimité, par son admirable conduite, *s'e-
tait inscrite,* comme a dit l'Empereur, *de ses
propres mains dans l'histoire;* de cette auguste
fille des rois dont rien jamais ne put altérer la
douceur, ni vaincre la patience, ni dompter le
courage, et qui n'a jamais donné à sa famille aucun autre déplaisir que celui de sa mort. Princesse, qui avez pleuré tant d'années cette
mère incomparable, vous en qui on retrouve
ses traits, son charme, sa rare et fière intelli-
gence, sa touchante bonté, puisse ce juste hommage rendu à sa mémoire consoler votre cœur

aujourd'hui condamné à de nouveaux déchirements et plongé dans un autre deuil !

Une longue série de tribulations et d'amères douleurs va commencer pour le Prince Jérôme. Le frère de Napoléon, fidèle au drapeau de la France, était à Waterloo, où il fit des prodiges. Que si tant de valeur n'a pu sauver l'Empire, *si tout est perdu fors l'honneur,* le Prince fera voir au moins, par son invincible constance dans la fortune adverse, qu'en dehors des champs de bataille il reste encore d'assez belles victoires et de glorieux triomphes.

Quel va être le sort de ce Prince français, de ce vaillant soldat, de ce roi sans couronne, de ce frère si renommé du premier des monarques ! Allié de si près à de vieux souverains qui règnent avec puissance et continuent les plus illustres races, trouvera-t-il auprès d'eux un abri pour sa disgrâce, un repos pour ses fatigues ? La Reine Catherine, implorant la pitié paternelle, pourra-t-elle obtenir la faveur de respirer, à côté de son époux, l'air du trône près duquel fut placé son berceau ? Il faut le dire, car il n'est au pouvoir de personne d'étouffer le cri de la vérité : l'Europe, — ce n'est pas trop exagérer la plainte, — l'Europe, dans ses terreurs

et ses ressentiments, oublia d'être généreuse.
Toutes les villes fermèrent leurs portes à l'illustre proscrit. Je me trompe : il est une cité dont
la clémence est incomparable comme sa destinée. Elle a été mise, par la Providence, en tête
de l'histoire. Rome païenne préludait à l'unité
morale des esprits par l'unité matérielle du pouvoir et de la contrainte. Elle avait eu pour mission de rapprocher les peuples, et de préparer
ainsi les voies à l'Évangile. Rome chrétienne
devait les affranchir, les élever à toutes les gran-
deurs d'une civilisation jeune et reine, les péné-
trer de lumières, les nourrir de vertus, être en
un mot, jusqu'à la fin, leur âme, leur conscience, leur vie. Le Christ, en effet, a daigné la
choisir pour être le siége principal de sa divine
royauté, le centre nécessaire où doivent se réu-
nir, des points les plus extrêmes de l'univers,
toutes les âmes religieuses qui forment sa famille. Il y est toujours adoré ; et son premier
ministre, le chef de tous les autres, en est devenu le légitime et inviolable souverain. Tant
de priviléges lui donnent je ne sais quel caractère sublime qu'on chercherait vainement sur
un autre front que le sien. Elle a, comme puissance temporelle, sa physionomie à part, et cer-

taines conditions de durée qui sont à elle seule.
Les autres se confient dans le nombre des légions, dans la multitude des guerriers, des
chars et des chevaux ; elle, ne dédaigne pas ces
moyens inférieurs, elle sait en user, quand il
faut, pour mettre l'ordre sous la protection de
la force ; mais ces armes terrestres peuvent être
brisées aux mains des plus vaillants, elles ont,
plus d'une fois, laissé tomber et mourir les nations : Rome le sait, et invoque ailleurs d'autres
espérances plus fermes, d'autres ressources bien
supérieures qui lui assurent la victoire et la
mettent au-dessus du hasard des batailles. C'est
la ville éternelle, parce qu'elle a son appui là-
haut, et que Dieu la soutient ; c'est la ville éternelle, parce que l'ombre sacrée de ses Pontifes
la protége et fait la garde autour de ses murail-
les ; c'est la ville éternelle parce qu'elle a des
fondements dans le respect et dans l'amour des
peuples ; c'est la ville éternelle qui ne sera pas
ébranlée, car elle règne par sa vérité, par sa
charité, par sa grâce céleste, par sa tendre com-
passion pour les besoins des âmes. Rome est si
voisine des cieux qu'on n'y entend pas le bruit
des passions de la terre. Elle bénit encore ceux
qu'on maudit ailleurs ; elle est douce pour les

malheureux qu'on opprime; elle ouvre son sein
maternel à ceux qu'on persécute. On le vit bien
alors : elle fut hospitalière pour le Prince Jérôme
repoussé de toutes parts et cruellement humilié
sur les chemins du monde. Mais, tandis que
Rome était si généreuse,—et nous dirons bientôt que cette paternelle bonté n'a pas été sans
récompense,—tandis que Rome, donc, était si
généreuse, une autre puissance qui se montrait
jalouse de surveiller ses actes, et qui, dans ses
empressements de protection et de bon voisi-
nage, cachait surtout ses vues d'accroissement
et de domination, cette puissance, dis-je, ne
permit pas que le bienfait courageux du Pape
pût trop longtemps profiter au Prince Jérôme :
elle sut le forcer, après 1830, de quitter cet
asile. Admirez cependant la justice du Ciel et
les retours étonnants des choses d'ici-bas ! Quelques années se passent, et tout à coup ceux qui
avaient contraint le successeur de Pierre et ar-
raché le Prince Jérôme de son cœur et de ses
États ont été vus fuyant devant les armées de la
France. Et, quant au Pontife des miséricordes,
nos soldats, depuis plus de dix ans, l'entourent
de respect et d'honneur. Ils veillent sur sa sainte
majesté, comme ils feraient pour celle de Dieu

même, et, tant par un effet de leur piété propre
que pour se conformer aux religieuses pensées
de l'Empereur, ils sont prêts à verser leur sang
pour protéger, contre tout attentat, l'indépendance et la dignité du Saint-Père. C'est ainsi
que la France a toujours payé ses dettes avec
une magnifique générosité !

Telles furent donc alors, Messieurs, les an-
goisses du Prince Jérôme. Réduit à fuir encore,
il obtient un refuge à Florence ; mais il souf-
frait partout, cet illustre exilé, et il se retour-
nait douloureusement sur la terre étrangère
comme un pauvre malade sur le lit de ses larmes.
Aucun repos pour lui n'était possible ailleurs
que dans le sein de la patrie française. C'était là
qu'il avait mis son cœur ; il ne pouvait vivre que
là, et c'est là qu'il voulait mourir. Il a eu le bonheur d'y revenir enfin, et rien, depuis lors, n'a
manqué à ses consolations. L'Empire a été recons-
truit sous ses yeux et au milieu de circonstances
dont plusieurs ont été plus heureuses que la première fois. L'Europe, mieux conseillée, et met-
tant à profit les leçons de l'expérience, a cessé
de créer pour nous des occasions et des néces-
sités de guerre. Grâce à la haute sagesse de
l'Empereur, nous avons pu nous développer

librement dans toutes les prospérités de la paix : nos frontières se sont reculées sans efforts et presque d'elles-mêmes ; les peuples nous avaient appelés, et ce vœu, dont nous avons droit d'être fiers, avait été consacré par les rois. Le Prince Jérôme a été témoin de ces merveilles : il a voulu fermer ses yeux sur un si beau spectacle pour le garder à jamais dans son cœur : sa tâche était finie, il n'avait plus besoin de veiller au tombeau de son illustre frère : la Providence en avait pris la charge. Il a demandé pour ses propres cendres l'honneur de reposer à ses côtés : pour lui, il est monté dans les régions éternelles où vont toutes les âmes affranchies de la prison du corps.

Espérons que le Ciel aura daigné le recevoir dans sa miséricorde.

Le saint sacrifice qui va bientôt s'achever sur cet autel, les mérites infinis du Sauveur et le prix de son sang, le pieux intérêt des chrétiens et les prières de l'Église autorisent ici tous nos souhaits. Oh ! les hommes ont tant besoin de rédemption ! tous, hélas, sont si faibles ! En est-il qui échappent absolument aux écueils de la vie ? Combien de séductions et de périls exceptionnels pour ceux que la Providence a placés dans un rang élevé! L'âme du Prince fut bonne, modérée, compatissante et généreuse. Que de vertus naturelles n'a-t-il pas déployées dans le cours glorieux et à la fois si tourmenté de sa longue existence! Qui fut plus bienveillant que lui, plus juste et plus humain? Qui se montra plus charitable, plus empressé de verser un secours ou de porter une consolation? Qui eut jamais plus fidèle mémoire des services rendus? Ah! je sais bien que ce n'est point assez, qu'on ne peut obtenir le salut que par la médiation du Sauveur et la puissance de sa croix; que rien ne peut suppléer à sa grâce; qu'il faut l'implorer dans une foi sincère, et recevoir avec amour ses divins sacrements. Je le sais, et mon espoir dans la destinée du Prince n'est pas ébranlé pour cela.

Il a versé son âme dans le sein du Pontife qui a reçu pour absoudre les pouvoirs du Rédempteur divin. Il a recueilli de sa bouche les paroles sacrées du pardon, et il est mort dans la foi de ses pères! Oui, il est mort ainsi, cet ancien élève de Juilly, formé par des prêtres savants; ce fils bien-aimé d'une mère profondément chrétienne; cet illustre neveu d'un prélat toujours cher à l'Église de France, et qui fut plus éminent encore

par ce reflet de sainteté qui brillait dans toute
sa personne que par l'éclat de la pourpre ro-
maine dont il était revêtu. J'étais né dans le diocèse qui fut celui du cardinal Fesch : j'ai eu
l'honneur, dans ma jeunesse, de l'approcher quel-
quefois et d'entendre sa voix révérée. Je me sou-
viens encore, je n'oublierai jamais quel feu pre-
nait son entretien quand il parlait de la Famille
Impériale et de la foi qui s'y était transmise, toujours ardente et toujours pure. Il aimait à dire,
et son accent alors devenait plus ému, ses yeux
se mouillaient de larmes, il aimait à dire les
transports, les extases et les ravissements de
Napoléon quand Dieu lui apparut pour la première fois, voilé de son amour, dans la commu-
nion. Il montrait sa correspondance d'alors con-
servée comme une relique ou comme un monu-
ment. C'est qu'en effet ce sublime génie, comme
tout ce qui est plus grand au ciel et sur la terre,
avait toujours senti la majesté de Dieu, la raison
supérieure des mystères révélés et l'éternelle
autorité du Verbe. C'est une vertu qui était dans
le sang, dans la race. Elle vint au Prince Jérôme en quelque sorte comme un droit de nais-
sance; et il ne put que l'affermir depuis, en pre-
nant ses pensées à tant de nobles sources, en re-

cevant de toute part et de pures lumières et d'éclatants exemples.

O Prince, dont le pays tout entier partage, en ce jour de deuil universel, la profonde et cruelle affliction, que Votre Altesse Impériale recueille dans son cœur, avec plus d'amour que jamais, ces religieux sentiments et toutes ces divines croyances ! Par l'effet de ce grand esprit que Dieu vous a donné, vous en aviez toujours pénétré la valeur et compris l'importance ; mais ils viennent à vous maintenant avec un caractère nouveau, plus tendre et plus sacré, comme un dépôt précieux confié à votre piété filiale, comme le testament d'un père, comme la plus haute et dernière manifestation de ce qui fut le plus beau, le meilleur et le plus divin de son âme, comme sa suprême espérance et le gage de son bonheur pendant l'éternité. C'est un trésor incomparable que vous serez jaloux de conserver, que vous serez heureux même d'accroître.

L'auguste et si douce Princesse que le Ciel a voulu choisir parmi ses meilleurs anges pour en faire la compagne aimée, la grâce et le repos de votre vie, perpétuera dans la famille de son illustre époux ces saintes traditions, et sa voix sera entendue. Elle a des grâces touchantes aux-

quelles on ne résiste pas. Nous le savons : elle
a déjà séduit toute la France. Prince, la religion
va si bien et s'accorde si parfaitement avec les
aspirations les plus élevées de votre âme ! C'est
la religion qui est la source du droit, des vertus,
de l'honneur ! c'est la religion qui est le premier
besoin des peuples libres ; elle est le plus ferme
soutien et la plus sûre garantie de leurs institutions, qui, sans elle, deviendraient fatales et ne
pourraient durer. Moins les hommes sont gardés par la loi, plus il est nécessaire qu'ils soient
gardés par la conscience.

Arrêtons-nous, Messieurs ; qu'est-ce que la
voix de l'homme pleurant sur un tombeau ?
Taisons-nous donc, pourvu que le saint sacrifice
s'achève ; et laissons la parole à Jésus-Christ qui
intercède pour nous, près de Dieu, avec autorité. C'est le sauveur des âmes ; il n'abandonne
jamais ceux qui l'invoquent, et il conduira le
Prince Jérôme à la paix des élus, dans la de-
meure de son éternité !

FIN.

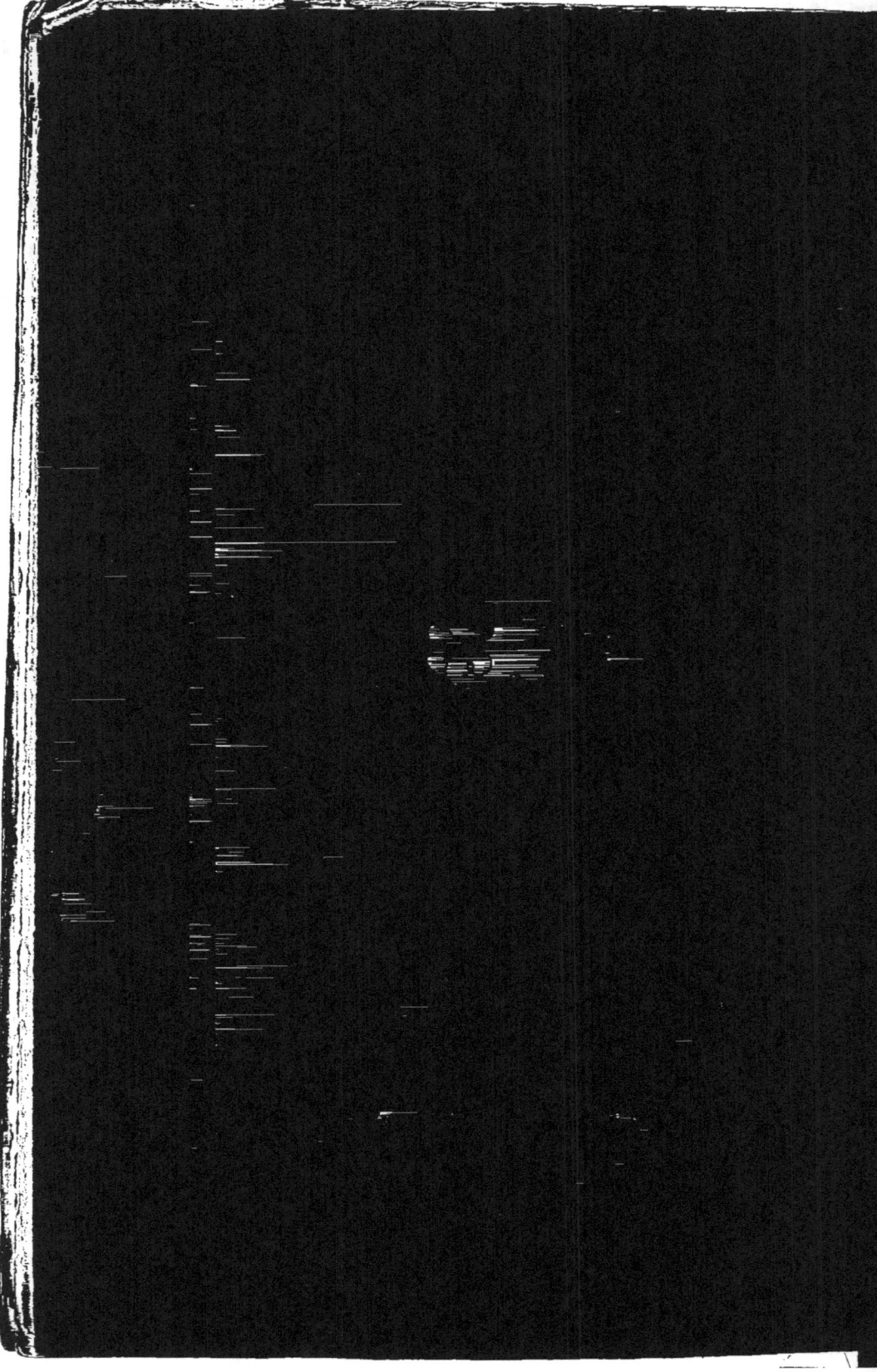

www.ingramcontent.com/pod-product-compliance
Lightning Source LLC
Chambersburg PA
CBHW060842180626
46818CB00004B/1557